Dernier train pour Buenos Aires

Ouvrage édité dans le cadre du Programme Sur
de Soutien aux Traductions
du Ministère des Affaires étrangères,
du Commerce international
et du Culte de la République Argentine

Hernán Ronsino

Dernier train pour Buenos Aires

Traduit de l'espagnol (Argentine)
par Dominique Lepreux

Liana Levi

Les mots suivis d'un astérisque renvoient aux repères chronologiques situés à la fin du texte.

Toutes les notes de bas de page sont de la traductrice

Titre original : *Glaxo*

ISBN : 978-2-86746-539-0
www.lianalevi.fr

Fulmínea émet l'ordre.

– Liquide-le, il respire encore !

L'homme entend trois coups de feu tirés à bout portant. Le premier fait gicler un nuage de poudre près de sa tête. Ensuite il ressent une douleur déchirante à la face et sa bouche se remplit de sang. Les gardes ne se baissent pas pour constater sa mort. Il leur suffit de voir ce visage taillé en pièces et ensanglanté. Et ils s'en vont, pensant lui avoir donné le coup de grâce.

Rodolfo Walsh, *Operación masacre**

VARDEMANN

Octobre 1973

Un jour les trains cessent de passer. Et puis vient une équipe d'ouvriers. Six ou sept hommes descendent d'un camion, avec des casques jaunes. Ils commencent à démonter les voies. Je les regarde d'ici. Je les regarde travailler. Ils travaillent jusqu'à six heures. Ils s'en vont avant que sortent les ouvriers de la Glaxo. Ils laissent de grands fûts enflammés, pour dévier la circulation. Quand ils s'en vont, je ferme le salon de coiffure.

Alors je commence à rêver de trains. De trains qui déraillent. Ils se balancent, avant de tomber. Ils brisent les rails. Ils lancent des étincelles. Et puis vient ce bruit, avant l'arrêt total, si strident. Il agace les dents. Il remue. Comme la lame du rasoir quand elle passe dans la région de la nuque, et que les têtes tressaillent, les dos tressaillent, et, peu importe que ce soit Bicho Souza ou le vieux Berman, les dos sont secoués comme les wagons d'un train qui sort de ses rails. Frisson, on appelle ça. Et puis il y a comme un feu, dans la nuque. Et le picotement de la brosse, talquée, autour du cou. Et un calme inaltérable.

L'après-midi est chaud, ce samedi. Les ouvriers ne travaillent pas, en face. Mais les grands fûts, noircis, alimentent un feu qui le jour semble ne pas exister. Je bois du maté avec mon père. L'ambulance municipale tourne à toute allure à l'angle de la boucherie Souza, elle s'arrête devant la maison des Barrios. Je regarde, le maté à la main, par la porte vitrée. Deux médecins descendent. L'un se dirige vers la maison, la mère de Miguelito l'accueille. L'autre sort le brancard et entre en le poussant. Mon père, voûté dans un coin, étranger et vieux, consumé comme un os décharné, lâche : Dépêche avec le maté. Quelques minutes plus tard, les hommes ressortent avec le brancard. La mère de Miguelito a une crise de larmes. Juan Moyano, l'entourant de ses bras, la retient. Miguelito Barrios fait route une nouvelle fois, en ambulance, vers l'hôpital.

C'est la deuxième fois qu'il pleut depuis que l'équipe d'ouvriers travaille pour démonter les voies. Le train, disent-ils, prend maintenant un nouvel embranchement après Gorostiaga : il passe par la gare Sud, là où passaient les trains de marchandises qui venaient de la Pampa. Remplis de blé. Interminables. C'est la deuxième fois qu'il pleut depuis que l'équipe d'ouvriers travaille, pour démonter les voies. Les camions de la municipalité s'engagent dans la boue pour qu'on les charge de traverses ; et puis ils repartent, laissant d'énormes ornières, que les enfants, sitôt qu'elles auront séché, bourreront de coups de pied comme si c'étaient les murs de bicoques abandonnées. Mais l'ennui, c'est que ce bourbier se répand dans toutes les directions. Cette gadoue flasque se colle sur tout. Sur les chaussures des femmes, sur les bicyclettes des ouvriers de la Glaxo, sur les bottes des hommes qui entrent dans le salon de coiffure, qui crottent le sol – que je recouvre pourtant de journaux pour éviter le désastre –, qui traînent leurs semelles jusque sur le repose-pieds de la grande chaise, à dossier inclinable.

Mon père balaie les cheveux autour de la grande chaise, à dossier inclinable, peinte en bleu ciel. Trois coupes, à cette heure du jour. Les cheveux de Tito Krause, de Luis Aragón et d'un garçon qui vit derrière les silos s'amoncellent, se mélangent, tandis que mon père les balaie et les traîne sur les mosaïques de granit noir. Ils forment maintenant un tas confus, châtain et blond, entrelardé d'une boue séchée qui s'obstine à resurgir. Un homme de l'équipe d'ouvriers, dehors, dans une clairière de la plantation de canne, prépare des grillades. Quand mon père ouvre la porte, quand il sort, courbé, lent, pour balayer un trottoir piétiné, une terre durcie et séchée, cette odeur de viande grillée, qui vient d'en face, de la clairière de la plantation de canne, pénètre dans le salon de coiffure et réveille en moi une anxiété diffuse, cuisante. Alors je sors. Le soleil de midi, inflexible, éblouit. L'air de l'été mûrit. J'appuie un bras au cadre de la porte. Mon père balaie, avec difficulté. Le reste de l'équipe d'ouvriers se repose sous l'ombre des paradis, là où l'*As de Espada* avait ses tables. Ils sont assis à même le sol, le dos appuyé contre le mur, les jambes allongées sur le trottoir de brique.

Et Lucio Montes de parler, à moitié renversé sur la grande chaise, de la bagarre de dimanche soir, au *Bermejo*, de parler d'un type de Mechita, un fier-à-bras, qui s'est bagarré avec Lavi, un certain Lavi de la zone de la Federación, et de me raconter que ce soir-là, lui, Montes, il n'a pas voulu parier, il n'a pas osé par trouille, mais c'était couru d'avance, le môme Lavi, il l'envoyait au tapis d'un pain maison, le malabar de Mechita ; alors, tandis que Montes parle et que je travaille, en silence, sur les pointes de mèches grasses, dehors, à l'angle de la boucherie Souza, Miguelito Barrios refait son apparition ; il se tient au mur de pisé décrépi, il marche avec difficulté, pâle et maigre, pareil à mon père. Je m'arrête, je suspends le mouvement des ciseaux. Montes ne s'en rend pas compte, il continue de parler, il dit que Lavi avait peut-être l'air d'une brêle, mais que lui, Montes, il savait que le malabar, Lavi, il se l'étendait. Il me cherche des yeux, au bout d'un moment, quand il sent que les ciseaux ne se fourrent plus dans ses cheveux ; il me voit, Montes, regarder Miguelito Barrios, qui maintenant entre dans la boucherie Souza. Le voilà de retour, je dis avec surprise. Oui, mais il paraît qu'y a plus rien à faire, murmure Montes, sur un autre ton, comme avec peur. Et puis il soupire et il oublie, un court instant, le môme Lavi et toute cette bagarre au club *Bermejo*.

Je descends le rideau. Le bruit ricoche sur les murs des jardins. Les grands fûts, noircis, éclairent la pile de traverses qui seront chargées, plus tard, dans les camions municipaux. On entend, dans les herbes folles, des grillons. La nuit s'avance, sans trêve, par la campagne. Elle semble nous encercler. Je pose le cadenas. Je tourne la clé, deux fois. Je le palpe, avant de m'en aller, pour m'assurer qu'il est bien fermé. Je marche, collé au mur, qui a reçu tout l'après-midi les rayons du soleil, et, comme ça, en marchant collé au mur, sur une vingtaine de mètres, je peux encore sentir la tiédeur du soleil que dégagent les briques. J'ouvre la porte et j'entre. La lumière opaque et l'air douceâtre, chargé d'une odeur d'oignons frits, me frappent en plein. Je retire la blouse blanche, avec laquelle je travaille. (La blouse blanche est une seconde peau, je me dis.) Mon père râpe du fromage, sur la table. Madame Marta, de dos, dans la cuisine, remue le contenu d'une marmite qui bout. Elle a dû mettre les pâtes sitôt qu'elle a entendu le bruit du rideau. J'entre dans la salle de bains. J'urine. Le savon à lessive, blanc, dur, quand je le frotte entre mes mains, s'assombrit légèrement, jusqu'à ce que l'eau le nettoie, mais il reste tout de même une tache grise, comme de cirage incrusté. On s'assied à table. Madame Marta dit à mon père, sur un ton de reproche, de cesser de manger du fromage. Madame Marta nous sert. J'ouvre une bouteille de vin rouge. Mon père tend son verre. Madame Marta dit: N'abusez pas. Je sers mon père qui a déjà devant lui une assiette de pâtes: des lignes de fumée grimpent, véloces, et embuent ses lunettes. Combien? demande mon père, tandis qu'il remue avec sa fourchette. Six, en tout, je réponds, tandis que j'arrache à la main un morceau de pain. On mange en silence.

Un camion des fours de Bustos percute la file des grands fûts qui brûlent jusqu'à sept heures et demie, heure à laquelle l'équipe d'ouvriers descend de la benne d'un Bedford délabré. Avant de commencer à travailler, avant de mettre les casques jaunes, ils se frottent les mains et bavardent, dans un murmure ; l'un d'entre eux, peut-être, lance un bon mot, en charrie un autre, et ils rient, d'un rire doux. Alors, ils se mettent à éteindre les grands fûts noircis, qu'ils rangent dans la clairière de la plantation de canne. Un camion des fours de Bustos percute, donc, avant l'arrivée de l'équipe d'ouvriers, la file des grands fûts, et une partie de son chargement de briques creuses tombe sur le chemin qui mène au *Fogón.*

Madame Marta met à sécher un pantalon de mon père sur la corde qui est tendue en travers du jardin. J'aspire un maté amer, sous la tonnelle, et je la regarde. Son dos se cambre et, presque sur la pointe des pieds, une pince dans la bouche, elle dispose une jambe du pantalon gris, qui laisse goutter, dans le revers, un liquide savonneux. L'équipe d'ouvriers, qui a travaillé toute la matinée le long des voies, se repose sous les paradis de l'*As de Espada*. D'ici, depuis la tonnelle, on peut voir le remblai du chemin de fer qui s'enfonce dans la campagne, jusqu'à la route 5; à partir de là, il se colle à son tracé sur quelques kilomètres. Madame Marta, donc, sous le soleil, termine d'étendre le linge. Elle jette le seau d'eau savonneuse entre les bambous qui soutiennent les tomates vertes. Elle s'approche de moi. Elle me demande du maté. Je la sers. Elle attend, assise. Ton père dort, elle me dit. Elle me regarde dans les yeux, tandis qu'elle sort légèrement la langue pour aspirer le maté. Madame Marta a peint les ongles de ses mains en rouge. Elle ne me quitte pas des yeux, tandis qu'elle suçote la pipette. Le maté ronchonne. Par deux fois il ronchonne. Elle me le rend. Elle dit: Délicieux. Elle se lève et passe près de moi, et, quand elle passe près de moi, je plonge ma main dans son entrecuisse. Madame Marta s'arrête. Elle ne se retourne pas, elle ne dit rien. Elle s'arrête. Je l'attrape par-derrière, et, comme toujours, sans se faire prier, madame Marta soulève sa robe, baisse sa culotte, et, les jambes écartées, elle s'incline, un peu, en s'accrochant au dossier d'une chaise, vers l'avant. D'abord je lui mets un doigt. Madame Marta lâche un murmure, étrange. Alors, ensuite, lentement, avec difficulté, je la pénètre. Madame Marta, tandis qu'elle sent la dureté qui entre lentement en elle, s'accroche fort au dossier de la chaise. Les jointures de ses mains pâlissent, des mains qui, aujourd'hui, ont les ongles peints en rouge.

Alors je rêve de trains. De trains qui déraillent. Ils se balancent, avant de tomber. Ils brisent les rails. Ils lancent des étincelles. Et puis vient ce bruit, avant l'arrêt total, si strident. Il agace les dents. Il remue. Comme la lame du rasoir quand elle passe dans la région de la nuque, et que les têtes tressaillent, les dos tressaillent, et, peu importe que ce soit Bicho Souza ou le vieux Berman, les dos sont secoués comme les wagons d'un train qui sort de ses rails. Frisson, on appelle ça. Et puis il y a comme un feu, dans la nuque. Et le picotement de la brosse, talquée, autour du cou. Et un calme inaltérable.

De repos, me dit Juan Moyano, tandis qu'il obéit à l'ordre que je lui donne, incliner vers l'avant, un peu plus, la tête, et Juan Moyano obéit (comme les autres) aux indications que je lui donne. Tous les deux mois, Juan Moyano entre dans le salon de coiffure, salue aimablement, s'assied sur la chaise de paille (si je suis occupé avec un client), prend un *Gráfico*[1], croise les jambes, tourne les pages lentement. Quand je l'invite à s'asseoir sur la grande chaise, à dossier inclinable, peinte en bleu ciel, il me serre la main, je le recouvre, après l'avoir secouée, de la cape bleue, qui le protège, et il me dit : Comme d'habitude, Vicente, arrange-moi un peu le chapeau. Comment vont les choses ? je demande alors. Et Juan Moyano secoue la tête, aiguille sa réponse sur le terrain du travail et de la politique : les choses deviennent sérieuses, les choses tournent au vilain. Et là il me dit qu'il est de repos. Il m'explique le système du travail par roulement. Une semaine de jour, repos, une semaine de nuit, repos, et ainsi de suite, c'est le monde à l'envers, tout le temps, me dit Juan Moyano, avec sérénité. Il travaille depuis quinze ans dans la fabrique d'huile. Ça devient compliqué de

1. Magazine sportif populaire.

dormir le jour, le moindre petit bruit stupide te réveille. Et moi qui ai le sommeil léger. En plus, je dis, avec ceux-là (je désigne l'équipe d'ouvriers qui maintenant charge de la terre dans les camions municipaux). Juan Moyano secoue une nouvelle fois sa tête blanche et dit : je préfère ne pas y penser. Alors je me dis que Juan Moyano est un type bien, un type qui a de l'étoffe, un bosseur. Et je me demande : Pour quelle raison cet homme s'est-il mis à la colle avec la mère de Miguelito Barrios, quand la mère de Miguelito Barrios s'est retrouvée veuve. Il paraît qu'ils vont raser la plantation de canne et que, là où passait la voie ferrée, ils vont faire une rue qui se raccordera à la route 5, une nouvelle bretelle, une transversale, dit Juan Moyano avec un certain enthousiasme. Je termine mon travail. Voilà, je dis, en lui retirant la cape bleue, et, pendant que je la secoue, Juan Moyano plonge sa main droite dans la poche de son pantalon et me demande : C'est combien ? Comme d'habitude, je réponds. Et Juan Moyano paie. Avant d'ouvrir la porte qui donne sur la rue, il s'arrête et il me dit, avec crainte : Vicente, Miguelito aimerait que tu lui rendes visite un de ces jours. Et puis il sort. La tête blanche de Juan Moyano scintille sous le soleil du matin.

C'est dimanche et il pleut. Madame Marta ne travaille pas aujourd'hui. Madame Marta prépare les repas. Elle prend soin de mon père. Elle prend soin de nous. Je bois du maté et je regarde, en écoutant la radio, la pluie qui tombe. L'eau semble donner une peau huileuse aux murs de la Glaxo. Et la terre devient rougeâtre à cause des briques creuses des fours de Bustos, tombées du camion il y a quelques jours. Au début, quand il s'est mis à pleuvoir, les flammes des grands fûts noircis cabriolaient un peu, pour survivre. Mais l'averse s'est déchaînée en début d'après-midi. Et les grands fûts se sont mis à dégager une fumée brève et étouffante. Mon père fait la sieste. Il tousse, une toux forte, qui résonne dans toute la maison. Sa toux est de plus en plus étrange, comme une voix inconnue. Alors je le vois apparaître dans la clairière de la plantation de canne. C'est le fils de Bicho Souza. Il est trempé. Ses jambes sont couvertes de boue. Il traîne un petit chariot. Il s'arrête dans la clairière, un fusil vert, en plastique, au poing. Il se jette sur le sol, corps contre terre. Je vois, à travers la fenêtre de ma maison, tandis que je bois du maté, et qu'on entend à la radio le bandonéon de Pedro Maffia, et que la pluie donne une peau huileuse aux murs de la Glaxo, et qu'il se forme dans la terre une boue rougeâtre, que demain il me faudra supporter et combattre dans le salon de coiffure et que les clients, à tous les coups, traîneront jusque sur le repose-pieds de la grande chaise, à dossier inclinable, peinte en bleu ciel ; je vois, alors, le fils de Bicho Souza, seul, s'agitant sous la pluie, avec un fusil vert, en plastique, jouant à la guerre, affrontant, enfin, ces fantômes de la plantation de canne, interminables.

J'entends d'abord la respiration sèche de Miguelito Barrios. Je l'entends tandis que je marche, derrière sa mère, vers sa chambre. Quand j'entre, je vois une masse sous des couvertures, dans la pénombre d'une pièce qui sent le médicament et le désinfectant. Quand il m'aperçoit, la toux le prend. Et le bruit étranger de cette toux me fait penser à mon père, en face, couché lui aussi, sous la garde de madame Marta, assise sur une chaise, près du lit, en train de retoucher ses ongles rouges. Merci, lâche la voix sèche de Miguelito Barrios. J'amorce juste une moue, un sourire mesuré. Je ne sais pas parler dans ces cas-là. Encore moins quand il s'agit de Miguelito Barrios, qui me regarde avec tristesse, qui essaie de vouloir me dire quelque chose; quelque chose qui lui fait mal, autant ou plus que sa toux, étrangère, qui jaillit de lui, subitement, et qui fait tonner ses poumons, et son corps, et les couvertures du lit qui se chiffonnent sur les futurs restes de Miguelito Barrios. Mais il ne dit rien. Je me mets à lui couper les cheveux. Les pointes blondes, sèches, tombent sur une cape bleue que j'ai disposée sur les draps. Dehors, commence à se faire entendre le bruit de l'équipe d'ouvriers, qui travaille aux derniers détails. La chaleur commence à se faire sentir. Je me demande si Miguelito Barrios va tenir le coup jusqu'aux fêtes. Je pense, alors, à mon père et à l'été, et je pense à madame Marta et à l'été. Miguelito Barrios me serre le bras. Nerveux. Il a la main moite, il transpire. Ne dis rien, je lui dis. Ne t'en fais pas. Et ces mots lui font encore plus mal. Il lâche un petit sanglot. Il murmure le début d'une explication, le début d'une demande d'excuses. J'impose ma voix, saine, puissante, pour en gommer l'existence. Je lui dis: Miguel, ne t'inquiète pas, beaucoup de temps est passé depuis. Je le coiffe, avec une raie sur le côté. Je le prépare pour l'adieu. Alors, je sors de la maison des Barrios en me demandant s'il est juste de pardonner à un moribond. Je traverse l'ombre des paradis. L'équipe d'ouvriers termine de charger les outils dans les camions municipaux. La plantation de canne n'existe plus, ils l'ont rasée, et là où passaient les voies, il y a un nouveau chemin maintenant, une transversale, qui ressemble plutôt à une plaie refermée. Il ressemble, donc, ce chemin, au souvenir d'une balafre, irrémédiable, dans la terre.

BICHO SOUZA

Décembre 1984

Chacun est le reflet de ce que sont ses doigts de pied, je pense tandis que je sors du cinéma *Español*, remué. Je m'arrête, dehors, devant l'affiche du *Dernier Train de Gun Hill*: les visages, jeunes, de Kirk Douglas et d'Anthony Quinn, au-dessus d'un train en marche, me regardent d'un air de défi. J'allume une cigarette. Dans le hall, lentement, une nouvelle queue se forme pour la seconde séance. Quelqu'un me salue. Alors je finis de sortir du film (je m'éloigne de la scène finale: le duel dans la gare, le train qui part, les corps le long de la voie, morts, et le regard de cette femme libérée). Je reviens à la réalité et je découvre une ville différente. Il est tombé une averse. Pendant que je regardais le film, en compagnie de huit ou neuf personnes, dont Sardoni, qui a garé sa Gordini bleue à l'angle du *Moulin rouge*, et le couple Echeverría; il est tombé, je disais, une forte, une abondante averse qui a fait baisser la température de cinq degrés. Maintenant l'asphalte est mouillé, il fait nuit et il a fraîchi. Alors cette sensation étrange de sortir dans une ville différente me frappe au visage, comme quand j'étais môme; on sortait de la séance donnée en matinée – après avoir passé près de quatre heures dans un autre monde –, on sortait dans la nuit, en plein hiver, les yeux fatigués d'avoir vu tant de films. Cette brève rénovation, de la ville et de soi dans la ville, se reproduit à présent, parce que je n'étais pas là quand l'orage s'est installé – j'étais hors du temps ; je n'étais pas là quand la ville se brouillait, à cause du vent qui a dû fermer les portes et les fenêtres, soulever des nuages de poussière qui aveuglent les yeux. Je traverse l'avenue. Les lumières glissent sur l'asphalte mouillé. Je sens que je marche dans un autre lieu, que je suis en voyage, que je cherche un restaurant pour dîner, qu'il y a un fleuve tout près, une route côtière bordée de lanternes qui parsèment de taches de lumière les berges du fleuve. Seulement j'entre dans le *Don Pedrín.* Et je m'assieds à la table qui est collée à la baie vitrée. Un garçon s'approche. Il me donne la carte et un cendrier. Le garçon ressemble au fils d'Anthony Quinn ; le garçon ressemble à l'assassin. Alors le couple Echeverría entre, d'abord la femme et ensuite Echeverría. La femme porte des sandales qui laissent entrevoir ses doigts de pied, et je me dis, une nouvelle fois, obnubilé, que chacun est le reflet de ce que sont ses doigts de pied.

Luque a décidé de redonner la semaine dernière le film *Le Dernier Train de Gun Hill.* C'était une surprise. Il en gardait une copie dans les archives du cinéma, et, comme il l'a dit dans *La verdad,* c'est un des films les plus émouvants qu'il ait jamais vu. Le film est sorti en 1959. Et il a été projeté au cinéma *Español,* au printemps de cette même année. Je suis allé le voir avec les gars du quartier. Vardemann était un fanatique de Kirk Douglas. Et il aimait l'imiter. C'était drôle de voir la tête du Flandrin Vardemann en train de copier les gestes et la façon de marcher de Kirk Douglas. On riait au bar du *Bermejo.* Le défunt Miguelito Barrios, le pauvre garçon, lui, c'était la foulée de John Wayne qu'il mimait à la perfection. Alors quand ils avaient un coup dans le nez, le Flandrin Vardemann et Miguelito Barrios improvisaient un duel imaginaire ; le Flandrin sortait dans la rue, Miguelito s'asseyait, le dos tourné à l'entrée ; et quand le Flandrin Vardemann réapparaissait, il n'était plus le fils unique du coiffeur de la Glaxo, ce grand maigre sans caractère et dégingandé, non, à ce moment-là le Flandrin Vardemann était Kirk Douglas, et avec des pas mal assurés il s'avançait, au milieu de rires étouffés, pour toucher l'épaule de Miguelito, qui lui aussi s'était transformé, à présent il était John Wayne ; alors le duel devenait inévitable. Ils s'écartaient l'un de l'autre de vingt ou trente pas. C'était très amusant de voir Miguelito marcher comme John Wayne, les jambes cagneuses, roulant des hanches, avec une expression de menace dans les yeux. Le Flandrin Vardemann, en revanche, avait un maintien trop rigide pour faire croire que ses mouvements étaient ceux de Kirk Douglas. Il était impossible, pour qui n'était pas du groupe, de savoir, en le voyant, que le Flandrin Vardemann était en train de faire une imitation de Kirk Douglas et non une pitrerie. Alors la fusillade éclatait. Le Flandrin aimait se rouler par terre. La plupart du temps il le faisait. Miguelito dégainait et déchargeait le revolver imaginé dans sa main. Après quoi, il le faisait tourner, soufflait sur le canon et le remettait dans son étui. Pendant que Miguelito accomplissait ces gestes, le Flandrin Vardemann incarnait un moribond, un blessé qui se traînait sur le sol du *Bermejo* (un jour il a renversé une table encombrée de bouteilles) ; il mourait presque toujours de la même manière : il mâchonnait une plainte, il dédiait quelques paroles, que l'un d'entre nous, ensuite, devait transmettre à celle qui était alors sa fiancée, la Nelly Sosa, et il mourait aussitôt après en lâchant un murmure rauque. Parfois il restait étendu à terre un long moment. Nous, on parlait déjà de choses et d'autres, quelqu'un mettait un tango, la plaisanterie du duel était terminée ; alors le Flandrin n'avait pas d'autre solution que de reprendre contenance, de redevenir le Flandrin Vardemann, d'occuper cette chaise laissée à l'écart contre le comptoir du *Bermejo*, de guetter, posté dans son silence, les opinions des autres, d'aiguiser son regard, à l'affût du moindre détail. Ou de mastiquer, méthodiquement, des morceaux de fromage.

Luque dit dans *La verdad* qu'il a envoyé la copie du film à Buenos Aires pour lui faire subir un traitement spécial, pour la protéger. Et il dit que quand le film est revenu, il est revenu en couleurs. Je viens de voir, donc, au cinéma *Español*, *Le Dernier Train de Gun Hill* en couleurs, alors que je me rappelais l'avoir vu, en 1959, en couleurs. Mais ce n'est qu'un souvenir. La queue pour la seconde séance, plus étoffée – il doit y avoir vingt personnes –, avance lentement et se perd derrière les rideaux grenat. La Gordini bleue de Sardoni passe devant le cinéma et tourne à l'angle de *La Farola.* À la suite de Sardoni passe Lucio Montes, dans sa Jeep Estanciera ; et tandis qu'il passe, je vois qu'il allonge le cou pour savoir qui se trouve dans le *Don Pedrín.* Quand il me voit il donne un coup de volant. Il se gare à l'angle. Il lisse un peu ses vêtements, en descendant, et il vient vers moi. Quand il ouvre la porte il me fait un clin d'œil et coule un regard vers le reste de la salle. Il lève la main, il salue le couple Echeverría. Il s'assied à ma table. Bicho, petit père, il dit. Il sent le savon, il a les cheveux mouillés. Tu as dîné ? je lui demande. Il secoue la tête. Alors je commande une grande pizza à la mozzarella et une bière, bien fraîche, avec deux verres. Le garçon, l'assassin de la femme de Kirk

Douglas, le note sur un carnet. Il paraît que c'est un nouveau. Montes dit que sa tête lui dit quelque chose. Tu sais pas la dernière, il commence, enthousiasmé. Je suis pas plus tôt arrivé à Saladillo, devine sur qui je tombe ? Il a les yeux luisants, la bouche, comme dit Abelardo Kieffer, désajustée. Aucune idée, vieux, mais qu'est-ce que tu es allé foutre à Saladillo ? C'est ton père qui t'a envoyé là-bas ? Ton père demande que tu ailles le voir en fin de semaine. Il m'a dit de te le dire, si jamais je te rencontrais. J'ai pris mon après-midi à la boucherie, je suis allé retaper la niche de ma maman, raconte, mélancolique, Lucio Montes. Et, devine qui j'ai croisé à l'entrée du cimetière de Saladillo ? Je fais un geste, je pince les lèvres, je hausse les épaules, tandis que le garçon, l'assassin de la femme de Kirk Douglas, pose sur la table deux verres et une bière bien fraîche. La Negra Miranda, décoche Montes, tandis que j'incline un verre pour faire grimper la mousse de manière contrôlée. La Negra Miranda ? je dis, et je lui tends le verre, plein à ras bord. Montes le boit sans m'attendre. Il remue la tête. Il répète, tandis qu'il déguste la bière, la Negra Miranda. Et alors, maintenant qu'il a fini d'arriver – raconter qu'il a vu à Saladillo la Negra Miranda c'est avoir fini d'arriver –, il s'approprie la table, allonge les jambes, regarde la rue, il attend que je me décide à le sonder.

Si par exemple la femme de Kirk Douglas, l'Indienne, qui s'avance par ces chemins solitaires, sur une carriole, accompagnée de son fils, si cette femme, qui va rendre visite à sa famille, n'avait pas agressé, en lui donnant des coups de fouet sur le visage, le fils d'Anthony Quinn, peut-être que rien de ce qui s'est passé par la suite ne serait arrivé. Mais, dans ce cas-là, il n'y aurait pas eu non plus ce film qu'on redonne aujourd'hui à l'*Español*, en couleurs, et qui, en ce moment même, doit commencer, dans sa seconde séance, avec près de vingt personnes dans la salle. Ici, donc, dans le *Don Pedrín*, Lucio Montes me parle d'un fantôme, parce que nommer la Negra Miranda, c'est nommer un fantôme. Je me comprime les doigts d'une main. Mes os craquent. Je l'ai suivie, dit Montes, haletant. Je voulais savoir où elle en était, ce qu'elle avait fait de sa vie pendant toutes ces années. Le garçon, Rick, l'assassin, pose la pizza au centre de la table. Alors Lucio Montes lui dit quelque chose : T'es pas ce môme de Salazar ? Et le garçon, qui est nouveau, et qui n'a pas, ah ça non, la toute-puissance qu'a l'assassin de la femme de Kirk Douglas, dit que non, qu'il n'est pas d'ici, qu'il est de Suipacha. Il nous renvoie une moue timide, tremblotante, avant de se retirer. Mais Lucio Montes insiste, il dit que ce môme, il le remet, il ne sait pas d'où, mais il le remet.

Contre la vitre de la baie se collent de fines gouttes d'eau, poussées par un vent de plus en plus frais. On mange. Lucio Montes, qui mâche avec précipitation et la bouche ouverte, dit que ça crachine. Je pense à Ramón Folcada, je pense à Anthony Quinn et à Ramón Folcada. Il y a quelque chose qui les rapproche, la toute-puissance que donne le pouvoir, par exemple, mais il y a aussi quelque chose qui, à première vue, les distingue, une barrière morale. Pajarito Lernú me dirait, je suppose, que cette barrière cesse de les séparer à partir du moment où on commence à mettre en cause les bases du pouvoir d'Anthony Quinn. La justice, elle ne touche pas à mon fils, soutient Quinn. Et alors, l'homme qui avait une barrière morale, qui était capable de sauver la vie de son meilleur ami, Kirk Douglas, quand cet homme-là, son meilleur ami, commence à mettre en cause les bases de son pouvoir, il est capable de se battre en duel s'il le faut pour s'y opposer. Par conséquent, me dirait, je suppose, Pajarito Lernú, il n'y a pas une si grande différence entre Ramón Folcada et Anthony Quinn. Ils se dressent tous les deux sur le même piédestal.

Au début elle me remettait pas: Montes, je lui fais, de la Glaxo, la boucherie Souza. Et je pensais dans ma tête que cette garce jouait à la conne pour m'éviter. Tu parles qu'elle se souvenait pas de moi! D'accord, il s'était passé plus de vingt ans. Mais je suis presque pareil, un peu plus gros, mais gros je l'ai toujours été. Presque pareil. Je me suis tout de même pas transformé. Celle qui était différente, pour le coup, c'était elle. Je l'ai reconnue, comment te dire, à une grimace, à ce truc qu'elle avait, de remonter les lèvres, comme pour se mordre la lèvre en ramenant l'autre vers le haut. Et parce que je l'ai flairé d'instinct. Qu'est-ce que je sais, moi? C'est des choses qui s'expliquent pas. Tu remets ou tu remets pas. Et la chose qui m'a confirmé dans mon flair, c'est quand la Negra Miranda a fait ce truc de se mordre la lèvre, je crois qu'elle faisait ça quand elle était nerveuse, quand elle servait les petites tables en fer sur le trottoir, et qu'elle était nerveuse. Je lui livrais la viande au bistrot, alors tu parles qu'elle se souvenait pas de moi! Vous me prenez pour une autre, elle disait. Mais moi, j'insistais: Tu es la Negra Miranda, la femme de Folcada. Et quand j'ai eu dit ça, quand j'ai eu dit Folcada, elle s'est arrêtée, elle en est restée comme deux ronds de flan. Elle s'est transformée. Qu'est-ce que je sais, moi? Elle doit porter ce nom dans le dos, j'ai pensé, comme si c'était une croix.

Tu es une brute, je lui dis, et je le déboulonne. Montes attend que je lui dise autre chose, que je montre de l'intérêt, par exemple, pour son récit. Mais non. Je lui dis qu'il est une bête, une brute, et sa bouche se fige dans un sourire qui se défait, lentement, et pendant qu'il se défait, son sourire me laisse voir deux dents tachées par des bouts de feuilles d'origan. Eh là, on se calme ! Qu'est-ce qu'il y a ? me dit Montes. Je m'essuie la bouche avec une serviette, je dois reconnaître, aussi, que Montes m'agace, la présence de Montes, son invasion, m'agace, c'est pour ça que je réagis comme je réagis. Derrière la mauvaise humeur il y a toujours quelque chose, un agacement non dit. Je regarde la rue, je bois un peu de bière, je me rince la bouche. Comment as-tu pu lui parler de cette façon ? je lui dis. Montes me regarde comme un enfant qui a fait une bêtise, qui a raconté des craques. Montes a le regard d'un enfant qui a raconté des craques. Comment as-tu pu la bousculer de cette façon ? Et Montes reste silencieux, il reste pensif : Quoi, j'ai mal fait ? Tu es une brute, je lui répète, une bête, la fille a pris peur, tu ne te rends pas compte, elle t'évitait, elle ne voulait rien savoir de toi, ni de la Glaxo. Oui, me dit Montes, c'est ce qu'elle m'a dit après. Comment ça, après? je m'étonne. Oui, après, il me dit, et le voilà, le fumier, à me harponner une nouvelle fois avec son récit.

Elle m'a invité à prendre un café dans un petit bar de merde, près du cimetière. Elle avait un je sais pas quoi sur le visage, comme si elle avait d'autres lèvres, une autre façon de rire. Qu'est-ce que je sais, moi ? Elle s'est peut-être fait opérer les lèvres, va savoir. Elle me regardait et elle riait. Qu'est-ce qui te fait rire ? je lui fais. Toi, me dit cette garce. Et elle s'est mise à rire encore plus fort. « Le Monte Negro », elle dit cette garce de merde, en se payant ma tête. Ça faisait une paye, un sacré bout de temps que personne m'avait appelé comme ça. « Le Monte Negro », c'est comme ça que m'appelait Miguelito Barrios. Parce qu'une nuit, pendant un défilé du Carnaval, il pleuvait des cordes, et j'ai croisé Miguelito, au coin d'une rue, on courait tous les deux, il m'a vu avec une cape noire et il s'est mis à rire, après ça il a commencé à m'appeler « Le Monte Negro ». Tu en es où? je lui fais à la Negra Miranda. Je suis dans le cirque, elle me dit, avec Papelito. Allez, déconne pas, je lui fais. Et la Negra Miranda qui a les cheveux blond platiné et les yeux bleus, mais qui a cette grimace de la Negra Miranda quand elle devient nerveuse, ce truc de remonter la lèvre du bas, comme pour se mordre l'autre, elle me dit qu'elle parle sérieusement, qu'un jour, au petit matin, elle n'y a plus tenu : cette nuit-là Folcada l'a battue et pendant qu'il la battait il lui a raconté ce qu'il avait fait dans la plantation de canne, il lui a raconté ce que Miguelito lui avait raconté, et alors, dans la nuit, elle lui a écrit une lettre terrible à Miguelito Barrios, et elle la lui a jetée sous sa porte, avant de s'en aller, parce que la Negra Miranda, elle n'y a plus tenu, alors au petit matin elle a sauté dans le train laitier qui s'arrêtait aux portes de l'*As de Espada* pour charger les barils de lait en poudre de la Glaxo, et elle dit qu'elle y a pas réfléchi à deux fois, elle a juste sauté dans le train avec ce qu'elle avait sur elle, et elle est partie, elle s'est volatilisée, elle a quitté Ramón Folcada qui suait à grosses gouttes dans la chambre qui donnait sur la rue, sur les paradis de la rue. Folcada devait ronfler, à coup sûr, pendant que le train emportait la Negra Miranda pour toujours. Alors ce récit, l'histoire que raconte la Negra Miranda, est bien différent de la version qu'a donnée, à l'époque, Ramón Folcada. La Negrita est partie pour un temps chez sa mère, à San Fernando – disait Folcada, convaincu –, il paraît que ma belle-mère va pas tarder à casser sa pipe. Ça lui coûtait rien, à Folcada, de mentir, d'entretenir un mensonge. Y a pas longtemps, j'ai appris que ce fils de pute s'est fait boulotter par un cancer qui l'a laissé comme un sac d'os, mais il y a aussi ceux qui disent que les gauchistes lui ont collé une bombe à Luján et l'ont réduit en charpie. Je sais pas laquelle de ces deux versions dit la vérité. Ce que je sais, par contre, c'est que l'une comme l'autre de ces deux morts est juste. Je me suis sentie renaître, Montes, elle m'a dit, la Negra. Ma vie a fait comme ça, elle m'a dit, et elle a retourné une de ses mains comme on retourne une crêpe, des mains ridées aujourd'hui, pleines de taches sur le dos, à cause du temps, à cause des ans qu'elle a, la Negra Miranda. Un changement radical, elle m'a dit. Ensuite elle n'a plus rien voulu raconter. Elle m'a questionné sur moi, sur ma vie, elle m'a questionné sur le quartier, sur la mère de Miguelito, elle m'a dit qu'un jour, quand elle pourra le faire, elle allait revenir à la Glaxo pour refermer les blessures. Mais elle m'a dit que pour le moment elle ne voulait rien savoir de tout ça. Ensuite, elle est partie, seule, à pied, par la rue goudronnée qui va au centre. Elle a même pas voulu que je la rapproche avec mon Estanciera. Plus tard, en sortant de Saladillo, j'ai vu sur un côté de la route qu'on commençait à monter la tente d'un cirque, la tente du cirque Papelito. Tu te rends compte. Alors je me suis mis à penser, Bicho, aux surprises que réserve la vie.

Il pleut de plus belle dehors. Cet orage a amené un vent frais. Les lumières du *Moulin rouge,* du cinéma, explosent dans la rue. Peu à peu commencent à sortir, avec des parapluies, deux par deux, ou en petits groupes, les personnes qui viennent de voir au cinéma *Español,* à la seconde séance, *Le Dernier Train de Gun Hill*; d'autres courent récupérer leur auto, et les femmes attendent dans l'entrée. Les choses se passent comme ça. Kirk Douglas, une nouvelle fois, qui part dans un train, comme la Negra Miranda, je pense, chaque fois qu'elle raconte son histoire. Je ne sais pas pourquoi je revois les pieds de Ramón Folcada, en train d'arroser la rue avec un tuyau, un soir d'été, je revois ses pieds nus, tordus par les rhumatismes, couverts de boue, avec deux trois orteils montés par-dessus les autres. Chacun est le reflet de ce que sont ses doigts de pied. C'est comme ça. Montes va aux toilettes. Son assiette est pleine de noyaux d'olives mordillés. Il est minuit cinq. On est déjà le 22 décembre. Je marche jusqu'au téléphone public du comptoir. Je mets deux jetons dans la fente. Je compose un numéro de Buenos Aires. J'attends un moment, jusqu'à ce que ça se mette à sonner, à envoyer ce bourdonnement entrecoupé. Quand on décroche, le jeton tombe, il fait un bruit métallique ; je règle ma voix, je bouche, avec ma main libre, mon oreille libre, pour me mettre à distance du bruit des assiettes et du brouhaha des voix, là, dans le *Don Pedrín*, et je dis : Federico, mon fils, bon anniversaire, eh !

MIGUELITO BARRIOS

Juillet 1966

Il est revenu hier. Il est descendu du train, le crâne rasé et la peau rance. Il ne ressemblait pas à Kirk Douglas. Alors j'ai pu voir clairement ma mort.

Il y a des jours où je me mets à imaginer de quelle façon vont mourir les autres. Parce qu'on va tous mourir d'une manière ou d'une autre.

Alors, assis sur le trottoir devant ma maison, ou au club *Bermejo,* ou pendant que j'expédie les colis dans la gare, je me mets à imaginer la mort des personnes que je vois. Cette idée, depuis quelques années, se fait récurrente. Elle s'est présentée après la projection d'un film au *Savoy.* Et, maintenant, elle me revient comme cette poussière qui s'infiltre par les fentes des portes et des fenêtres, et qui, à peine un jour après que la maison a été nettoyée, se dépose, cette poussière, à nouveau, sur les meubles, sur les choses. Mais ça me distrait, je veux dire l'insistance de cette idée. Au début ça m'affolait, ça me faisait un peu peur de penser comme ça, mais maintenant, et de mieux en mieux, je m'en accommode, parce que ça me dégage la tête, ça me distrait, de penser la mort des autres.

Ce que je ne pouvais pas (comme l'acteur du film qu'ils ont passé au *Savoy*) jusqu'à hier, où j'ai vu descendre du train le Flandrin Vardemann, avec un sac de voyage râpé et cette foulée sereine, presque hypnotique ; ce que je ne pouvais pas, alors, c'était imaginer ma mort.

Je ne suis pas d'accord avec les gens qui, quand ils choisissent une façon de mourir, préfèrent ne se rendre compte de rien, ou souhaitent que la Parque les surprenne dans leur sommeil, ou qu'elle ne les fasse pas souffrir, comme si la mort n'était pas une conséquence de la vie qu'on a choisi de vivre. J'aime ces films où les types qui vont être fusillés ne montrent pas le moindre signe de peur, se campent devant le peloton, courageux, et où, au contraire, les lâches, ce sont les bourreaux, qui braquent leur arme et qui essaient d'esquiver le regard de celui qui attend.

Si ma mère m'entendait, ou bien Bicho Souza, si le nouvel homme de ma mère m'entendait, lui aussi, ils penseraient que je suis fou, ou que je veux me tuer, ou que je suis resté traumatisé après l'accident qu'a eu mon père pendant une séance de domptage. Mais non. Je ne veux pas me tuer, je n'ai pas été traumatisé par l'accident de mon père. C'est pour ça que je préfère ne pas parler de ces choses. Je les garde pour moi, comme un secret, qu'on se confie à soi-même. J'imagine que ce doit être comme quand un type dit qu'il a vu une soucoupe voler et qu'il l'a vue pour de vrai. J'imagine qu'il faut avoir des couilles ou être un peu fou pour raconter aux gens des choses pareilles.

Parce que, c'est bien connu, les gens ne vont pas te croire. Ou alors ils vont te traiter de malade. Les gens sont légers. Mais on a tous ces idées dans la tête, tous, j'en fiche mon billet, Efraín Bunge doit avoir ces idées dans la tête, ou les Allemands du *Munich*, ou le nouvel homme de ma mère. On a tous ces idées dans la tête, qui sont comme des secrets, des petits trésors bien à soi. C'est comme ça.

Un jour, je ne sais pas pourquoi, la question a atterri sur le tapis et je me suis lancé, j'ai raconté cette idée à Ramón Folcada. Avec Folcada, depuis son arrivée dans le bourg, en 1958, on allait le samedi au *Fogón*, astiquer les harnais et seller les chevaux. Folcada avait deux chevaux. Un aubère rosé[1] qui était un rêve. Et un léopard, vieux et trapu. L'aubère, c'est lui qui le montait. Moi, je montais le léopard. On partait, entre chien et loup, dans la campagne. Il avait l'air d'un contremaître d'estancia, Folcada. Il avait fière allure sur cet aubère. Jugurtha, il s'appelait l'animal. Sitôt qu'il reconnaissait Folcada, quand on arrivait, Jugurtha se mettait à hennir de joie. Quelqu'un qui raconte des choses pareilles, personne ne le croit, c'est comme pour ces idées que j'ai. Et c'est là que la question a atterri sur le tapis. Je lui ai parlé de cette idée, récurrente, qui me venait, sur la mort des autres. Et Folcada m'a écouté, respectueux, et alors il m'a dit que les gens parfois sont très légers, que les gens jugent à la va-vite n'importe qui sur n'importe quoi. Et qu'il faut être prudent avec ce qu'on

1. L'*overo rosado* est le cheval de prédilection des gauchos. Sa robe gris pommelé est piquée de taches rougeâtres.

raconte. Cet animal, me disait Folcada, meurt si je ne viens plus le voir. Cet animal, disait Folcada, comme n'importe lequel d'entre nous, a besoin d'un peu d'affection.

Mon père a été tué par un aubère rosé qui ressemblait à Jugurtha, pendant une séance de domptage à Huergo, en 56. Mon père était un bon dompteur. C'est ce qu'on disait de lui. Que c'était un bon dompteur. Il s'occupait du domaine de Fresedo, à La Rica. Je le voyais tous les quinze jours, quand il était de repos et qu'il rentrait à la maison, à la nuit tombée. Je l'attendais, enfant, sur le trottoir, j'attendais que le pick-up noir tourne, à l'angle de la boucherie Souza; alors, quand le pick-up noir tournait, à l'angle de la boucherie Souza, j'éclatais d'une joie profonde; le quartier, pour moi, était remué par l'arrivée de mon père. Mais plus tard, quand, devenu grand, je le voyais tourner dans son pick-up noir, je mettais les choses à leur juste place: en arrière-plan le salon de coiffure de Vardemann, la Glaxo avec la rumeur des machines, le quartier paisible et indifférent, et mon père en train de garer, au milieu des paradis, son pick-up noir, fatigué, en tenue de travail, barbu, les mains calleuses; alors j'entrevoyais la nostalgie de ma joie, et je ne comprenais pas comment il avait été possible que ces gestes routiniers, presque mécaniques, qui se répétaient tous les quinze jours, aient pu éveiller en moi une sensation proche du bonheur, à la vue d'un pick-up noir, délabré, avec un type sec et bourru au volant, que j'appelais mon père.

Après la mort de mon père, j'ai commencé à travailler dans les chemins de fer. Au bureau des colis. C'est Alfonso Galli, un cousin de Bicho Souza, qui m'y a fait rentrer. J'ai dû abandonner l'école, ma blouse de lycéen, et la troquer contre un bleu de travail qui a sur la poche de poitrine l'insigne des Chemins de fer argentins. C'est un travail tranquille. Plaisant. Je démarre à sept heures le matin, trente minutes avant le départ du premier train de voyageurs. Ensuite, après l'entrée en gare du train de dix heures, jusqu'à midi. Et on se charge de trier les colis qui viennent de Buenos Aires et des localités du secteur. On prépare tout et, l'après-midi, je prends la bicyclette de livraison et je pars distribuer les colis. J'aime être celui qui remet ou expédie des paquets que personne n'attend ou que, depuis longtemps, quelqu'un souhaite recevoir. Et me voilà, à frapper à la porte d'une maison, à apporter un message définitif. Ou une nouvelle inespérée.

Quand j'ai terminé de livrer les colis, je vais au *Bermejo*. Prendre quelque chose avec les gars de la bande. Le vendredi et le samedi, avant, on allait ensemble au cinéma. Et après, aux bals de Pileta ou dans ces bals de campagne.

Mais il y a beau temps que les choses ont changé.

Et les choses ont commencé à changer un matin de 58, d'octobre 58. Le train de dix heures entrait lentement en gare, comme toujours ; la locomotive lâchait une fumée noire et épaisse qui cachait les silos des moulins. De ce train allaient descendre, quelques minutes plus tard, Ramón Folcada, attendu sur le quai principal, chaleureusement, par un groupe de policiers, et sa femme, la Negra Miranda, vingt-huit ans à peine et des jambes inoubliables.

C'est alors que l'*As de Espada* a ouvert ses portes à côté de chez moi. Folcada avait été affecté au commissariat du bourg, au grade de sous-officier. Et elle, la Negra Miranda, qui était portègne[1], a pris le bistrot en main. Elle cuisinait pour les ouvriers de la Glaxo et pour ceux qui, peu à peu, informés de l'existence du local, préféraient délaisser les gargotes de la gare Nord, pédaler, à midi, jusqu'à la Glaxo, regarder les jambes de la Negra Miranda, faire l'école buissonnière pour cette fille qui ne ressemblait en rien à celles du bourg.

Plus ou moins à la même époque, deux maçons ont commencé à construire, de l'autre côté de la voie ferrée, une petite maison toute simple qui, fin 58, a été occupée par quatre Mormons. Ils sortaient toujours de bonne heure sur des bicyclettes noires équipées d'une dynamo. Ils saluaient chaque fois qu'ils passaient. Et ils rentraient à la tombée de la nuit, au moment où, par exemple, Ramón Folcada arrosait la rue de terre avant le passage du train de huit heures et leur lâchait des insultes.

Quelques jours après s'être installé dans la petite maison, un des Mormons est parti par le train du

1. De *porteño*: «celui du port». Ainsi se désignent les habitants de Buenos Aires, par opposition à ceux de l'intérieur, de la province.

matin. Je l'ai vu dans la gare, sur un banc, avec deux valises noires. Il lisait un petit livre, à en croire Galli : la bible des Yankees. Et, de temps en temps, le Mormon pleurait. Galli, qui faisait des calculs et remplissait des formulaires, me disait que les Yankees ont une bible à eux, qui leur permet d'aller de par le monde, de divulguer le message de ce dieu qu'ils ont, me disait, un peu confus, Galli. Mais il y avait quelque chose de palpable, quelque chose qui était là, à la vue de tous, le type, le Mormon, seul, en train de pleurer, tandis qu'il lisait une bible yankee, attendant un train qui le sortirait d'un bourg perdu dans la pampa argentine.

Alors, je ne sais pas pourquoi, peut-être à cause de la fragilité du Mormon, si blond, si étranger à Galli, à moi, à ce bourg, en train de pleurer sur le banc, sous la cloche, j'ai imaginé, et c'est une des premières fois que ça m'arrivait, la mort de ce type : mais je l'ai imaginée dans un hôtel, à Mercedes, au petit matin, une crise d'asthme, le Mormon chiffonnant le couvre-pied du lit de l'hôtel, dans le silence du petit matin de Mercedes, voulant savoir, par exemple, le Mormon, en pure perte, quel était cet endroit, ce bourg dans lequel il était en train de mourir.

Les trois autres, cependant, ont continué d'occuper pendant un an encore la petite maison construite de l'autre côté de la voie ferrée ; ils ont continué de sortir en bicyclette, de bonne heure le matin, pour rentrer à la tombée du jour ; ils ne manquaient pas, chaque fois qu'ils passaient, de saluer, sans recevoir de réponse ; et Ramón Folcada, quand il les voyait, ne manquait pas lui non plus de les insulter tout bas ; jusqu'au matin où on a retrouvé l'un d'entre eux, le plus courtaud, un certain Clifton Morris, c'était son nom, dans la plantation de canne, une balle dans la tête.

En été, à l'*As de Espada*, ils sortaient les petites tables en fer forgé sur le trottoir. Et le soir, les chaises se confondaient sous les paradis avec celles de ma mère et du nouvel homme de ma mère, qui sortaient s'asseoir dehors, pour prendre un peu l'air. Et nous autres là, autour des petites tables en fer forgé de l'*As de Espada*, sous les paradis. Bicho Souza et sa femme Ángela, le Flandrin Vardemann et la Nelly Sosa, le Gros Montes et moi : à boire de la bière Danubio et à manger des cacahuètes non épluchées.

Fin janvier 59, j'ai dû me rendre à Buenos Aires pour livrer des colis. C'était la première fois que j'allais à Buenos Aires. Et en plus pour le travail. J'étais nerveux. Galli m'avait préparé un plan avec les adresses et les téléphones qui m'étaient nécessaires. Il m'avait dit de ne pas m'inquiéter, que Buenos Aires n'avait, à ce jour, mangé personne. Et là-dessus, on ne pensait pas pareil.

Quand le train est passé lentement devant la Glaxo, la première chose que j'ai vue, en arrière-plan, c'est l'angle du salon de coiffure de Vardemann ; ensuite, sur un côté, les paradis ; une petite table en fer forgé, dehors, près du mur de l'*As de Espada* ; et, entrouverte, la porte de ma maison. J'ai eu la sensation d'être en train de fuir. Mais le plus surprenant, c'était de laisser l'image fixe et figée de cet endroit; de voir, à travers le mouvement, que le monde s'amplifiait, une fois passé le pont de la route provinciale; et que cette petite portion de terre, autour de la Glaxo, n'était qu'un instant infime, presque insignifiant – pour qui n'aurait jamais vécu là – sur ce long trajet à parcourir.

C'est avant d'arriver à Suipacha que j'ai senti, posées sur le siège en bois qui, à côté du mien, était libre, les jambes de la Negra Miranda qui m'effleuraient.

Elle allait chez sa mère, la Negra. Elle voyageait seule.

Buenos Aires était alors pour moi comme un animal affamé. Un animal vorace, dangereux, comme celui des films qu'ils passent le samedi au *Savoy*, ces films de monstres énormes qui marchent dans les rues et qui, si tu n'y prends pas garde, t'arrachent quelque chose; c'est comme ça que j'imaginais la ville, je l'ai dit à la Negra Miranda, quand le train commençait à traverser les premiers entassements d'immeubles et que la rase campagne s'amenuisait, dévorée par l'animal sauvage.

Tu as peur, elle m'a dit, en riant, avec cette grosse voix si typique de la Negra. Alors elle m'a proposé quelque chose. De m'accompagner dans ma tournée, pour que je ne perde pas de temps. C'est ce qu'elle a dit.

Quand je suis descendu du train, j'ai respiré un air étrange. On dit que c'est l'odeur caractéristique de

Buenos Aires, une odeur forte de fritures, de gaz et d'humidité. Je m'y suis habitué petit à petit. On a parcouru la ville en autobus. On a voyagé en métro. L'ennui, c'est qu'à trois heures de l'après-midi mon travail était terminé. On s'est retrouvés dans les bois de Palermo. Et ensuite la Negra a voulu monter dans ces canots du lac, faire un tour. Je connaissais cet endroit grâce à un film. Je me sentais dans la peau d'un acteur de cinéma, pédalant sur les lacs de Palermo, en compagnie de la Negra Miranda. C'est elle qui a cherché le baiser. On a fini dans une chambre d'hôtel, en face de la gare Once.

En fin d'après-midi, je suis revenu seul, par le dernier train du jour. Un peu perturbé. Je ne pouvais pas m'empêcher de revivre ce moment à l'hôtel. La Negra devait rester une semaine à Buenos Aires, chez sa mère.

Quand je suis arrivé à la gare Nord, j'ai senti que quelque chose s'était altéré.

Les choses avaient l'air changées. Malgré tout, j'ai continué de monter à cheval le samedi avec Folcada. Cette année-là, en octobre, j'ai été désigné par tirage au sort pour le service militaire et Folcada, qui avait des relations, m'a fait exempter.

Quand la Negra est revenue, on a commencé à se voir le mardi à l'heure de la sieste ; pour que personne ne se doute de rien, on a profité des ménages qu'elle s'était mise à faire dans les petites chambres du *Munich* de la gare Nord (un petit boulot superflu, disait

Folcada). Ces rendez-vous se sont installés comme une habitude, comme une espèce d'acte religieux.

Il y a une nuit dont je me souviens clairement. C'était pendant le défilé du Carnaval de 59, sur le Prado Español. Elle était habillée en odalisque, moi, je portais un costume de pirate. Cette nuit-là Folcada a été à deux doigts de nous découvrir. J'ai pu m'enfuir, sauter par-dessus le mur en pisé du Prado Español, partir en courant, et tandis que je partais en courant il s'est mis à pleuvoir. La pluie frappait en plein mon visage. Je m'en souviens encore, et j'ai la nostalgie de cette sensation : moi, courant dans les rues du bourg, dans la nuit, et la pluie, qui caressait mon visage.

Tout est allé très vite : du jour au lendemain, vers le milieu de l'année 60, la Negra a disparu. Elle n'est plus venue aux rendez-vous qu'on avait le mardi au *Munich*. Un après-midi, l'homme de ma mère m'a remis une lettre qu'il avait trouvée, un matin, sous la porte. Il m'a dit, l'homme de ma mère, que ma mère n'était au courant de rien. C'était une lettre terrible. Déchirante. La Negra Miranda me racontait pourquoi elle était partie. Pourquoi elle abandonnait tout. Elle me racontait ce que Ramón Folcada avait fait. Et elle ne pouvait pas comprendre, la Negra Miranda, comment moi, j'avais été capable de participer à une chose pareille. Elle me disait qu'elle préférait fuir, plutôt que de continuer de vivre avec des vautours. Elle me traitait de vautour, la Negra Miranda. Ensuite j'ai commencé à écouter ce que disait Folcada, chaque fois que quelqu'un le questionnait sur elle ; Folcada disait qu'elle était partie chez sa mère, à Buenos Aires, parce que sa mère était sur le point de mourir. J'ai attendu, jour après jour, de plus en plus anxieux, son retour. J'ai même projeté, au bout de quelques semaines, un voyage à Buenos Aires pour la rencontrer, un voyage que je n'ai jamais fait. Et un beau matin, à quelques mois de là, quand on s'est réveillés dans le quartier, les portes de l'*As de Espada* étaient fermées. Plusieurs jours ont passé et rien ne changeait à la chose. Aujourd'hui encore on est sans nouvelles de Ramón Folcada et de la Negra Miranda. On sait seulement, d'après ce qu'on voit, que l'*As de Espada* devient, jour après jour, un bâtiment à l'abandon, avec un fauteuil en fer forgé sur le trottoir qui rouille un peu plus avec chaque pluie, qui s'enfonce, peu à peu, dans la terre, et à travers le fauteuil en fer forgé – c'est ce qu'on voit, parce qu'on ne peut pas faire les ignorants – s'enchevêtrent des herbes folles et des liserons sauvages, qui se fourrent dans les lézardes, dans les joints des murs. Voilà en quoi, depuis quelques années, se transforme, inévitablement, l'*As de Espada.*

Mais le plus important s'est passé hier. Et ça, il faut le dire. Il est descendu du train, le crâne rasé et la peau rance. Il ne ressemblait pas à Kirk Douglas. Au début je ne l'ai pas reconnu, j'ai vu un type maigre, grand, qui me regardait depuis le bout du quai principal, les mains crispées à la hauteur des poches. La fumée de la locomotive nous encerclait. On aurait dit une scène de western : j'ai pensé au *Dernier Train,* mais le Flandrin Vardemann ne ressemblait pas à Kirk Douglas. Et quand le quai est resté vide, je l'ai reconnu. Ils l'ont relâché plus tôt que prévu, j'ai pensé. Il avait encore plus de cinq ans à tirer. Le Flandrin a dégainé un revolver imaginaire, comme on faisait au *Bermejo* – moi, je jouais John Wayne, et lui, il imitait mal Kirk Douglas –, et il m'a tiré dessus. Ensuite il a ébauché une moue. Il a soufflé sur le bout de son doigt. Et il s'est mis à marcher le long de la voie, avec cette foulée sereine, presque hypnotique. Cette fois il ne s'est pas jeté par terre, il n'a pas voulu faire le moribond. Cette fois le Flandrin Vardemann occupait une autre place, la place du bourreau ou celle de la vengeance. Et c'est comme ça : il faut le dire. Alors, depuis hier, et je ne raconte pas d'histoires, je peux voir clairement la forme possible que prendra ma mort.

FOLCADA

Décembre 1959

Quelqu'un prend la Negra. J'en fiche mon billet. C'est comme ça. J'ai vu quelque chose pendant le défilé du Carnaval. Ils m'ont planté l'aiguillon. Le doute, ils m'ont flanqué. Depuis, la Negra joue à la conne. Je ne lui ai jamais rien dit. Je ne veux pas abattre mes cartes. Je veux qu'elle se coupe toute seule. Je l'attends au tournant. Ah ça oui. Je l'attends au tournant. Sitôt qu'ils donnent dans le panneau, je leur saute à la gorge. J'ai vu quelque chose pendant le défilé du Carnaval. C'est pour ça que je sais que c'est un petit jeune. Un môme. Je les ai vus de loin. En plus ils étaient déguisés. Dans la guerre de Jugurtha, il y avait des types déguisés. C'est ce que dit le livre que m'a offert à l'École de police le lieutenant Segovia. J'étais de garde au petit matin. Le lieutenant s'est amené en pyjama. Il était réveillé, le lieutenant. Il me dit: Folcada. Monsieur, je lui réponds, parce qu'il faut respecter les formes. Même si le lieutenant était en pyjama. C'est pour vous. Et il est reparti. Il m'a laissé ce livre sur la guerre de Jugurtha. Il me l'a laissé parce qu'il savait que j'appréciais l'Histoire. Les grandes aventures. Les guerriers, j'apprécie. Alors je me suis mis à dévorer ce livre qui doit faire dans les mille pages. Maintenant je le sais presque par cœur. Et dans une scène, pendant cette guerre, il y a des soldats de

Jugurtha déguisés qui trahissent un des généraux de l'armée ennemie. Un piège. Quelque chose de ce genre. La trahison est la base du pouvoir. C'est comme ça que l'Histoire se fait. Je vous regarde et je pense aux mers du Sud, dit Jugurtha monté sur son cheval, tandis qu'il voit l'armée ennemie attendre, les Romains sont l'armée ennemie, et Jugurtha ne sait pas que cette armée ennemie va finir par le tuer. Vous me regardez, il leur dit à ses ennemis, Jugurtha, et moi, je pense aux mers du Sud, il dit. C'est pour ça qu'on peut être en train de me trahir. Derrière un déguisement, toujours, se tisse, lentement, une douce trahison. Et ce qui ne se discute pas, c'est que la Negra Miranda depuis quelque temps est différente. Étrangère. Elle me regarde et elle ne sourit plus comme avant. Ou plutôt quand elle me regarde elle se mord la lèvre. Et la Negra, elle se mord la lèvre quand elle devient nerveuse. Elle cache quelque chose. Sur le Prado Español je l'ai vue avec un type. Je n'ai pas pu voir quel déguisement il avait, le type. Mais ils ont réussi leur coup. Ils m'ont filé le doute. Et c'est ça qui enfle en moi jour après jour. Qui me mine. Le doute. Parce qu'elle me cache quelque chose. Et en plus maintenant il y a des gens qui parlent de l'affaire de Suárez*. Je ne sais plus comment la nouvelle m'est venue aux oreilles. Ce que je sais, c'est qu'ils ne citent pas mon nom. Ils racontent comment les choses se sont passées. Ça me fout en rogne qu'ils les présentent tous comme des petits saints. Ce ne sont pas tous des petits saints. Le nom de mon chef, lui, par contre, ils le citent. Ce qu'ils déforment, c'est qu'ils les présentent tous comme des petits saints. Il y avait une révolution. On a empêché une révolution. Et on l'a fait comme on devait le faire. D'accord, quelque chose a foiré, parce que sinon je ne me serais pas retrouvé dans ce bourg, ni le chef à Mar del Plata. Quelque chose a foiré, parce que ensuite on a été envoyés dans des endroits différents. Moi, j'ai choisi ce bourg. Je venais, enfant, sur les terres de mes grands-parents. Mes grands-parents sont morts et leurs terres ont été vendues. J'ai toujours gardé un beau souvenir de ce bourg. J'ai appris à monter à cheval sur ces terres. Alors la première chose que j'ai faite, en arrivant, c'est m'acheter un cheval. Je l'ai baptisé «Jugurtha». C'est un aubère rosé. J'ai toujours aimé ce type de cheval. Jugurtha avait un aubère rosé. Il combattait monté sur cet animal. Le jour où j'ai vu les jambes de la Negra Miranda, j'ai pensé au cheval de Jugurtha. Je ne sais pas pourquoi. Il y a une explication logique? J'ai vu ses jambes, dans un bal, dans une caserne de pompiers à La Boca[1] : j'ai vu ses jambes et j'ai pensé au cheval de Jugurtha. Et je me suis emballé, moi aussi, comme un cheval, quand j'ai vu ses jambes. Une brune infernale. La Negra me rappelle la *morocha* de l'Abasto[2]. Pas à cause de la ressemblance physique, à cause de la manière de se tenir. Parfois je lui murmure ça à l'heure de la sieste. Il n'y a rien de plus beau que de se trouver tout nu avec la Negra. À l'heure de la sieste. En été. Et aussi en n'importe quelle saison. En été, c'est mieux, avec le ventilateur et les persiennes à moitié fermées. Et à peine recouverts d'un drap propre et frais. Il n'y a rien de plus beau. Se frotter contre le corps de la

1. Quartier de Buenos Aires, berceau du tango.

2. Allusion à Tita Merello, célèbre actrice et chanteuse de tango, dite « *la Morocha argentina* » (« la Brune argentine »).

Negra. Palper ses jambes. Pendant qu'on entend dehors les oiseaux. On entend des enfants qui parlent tout bas. Et qui courent avec leurs frondes, les poches pleines de petites boules de paradis. Et on entend aussi, pendant qu'on se frotte dans le lit la Negra et moi, Jugurtha qui s'ébroue. Qui chasse de temps à autre une mouche avec sa queue, attaché aux paradis. Tout ça nous vient du dehors. Pendant que le ventilateur nous rafraîchit. Et que la Negra et moi on se frotte tout nus. Il n'y a rien de plus beau. Rien de plus beau. Tita Merello, je lui dis. Tu es comme Tita Merello dans *La morocha del Abasto*. Et ça ne lui fait pas plaisir. Elle fait son offensée. Elle dit que la Tita Merello est laide. Mais la Negra, elle a ce tempérament. Une femme avec un caractère et un corps pareils dans un bourg pareil. Autant dire qu'elle va attirer les regards. C'est pour ça qu'il est plus que probable que quelqu'un la prenne. Sûr que quelqu'un la prend. Et ce n'est pas une folie de penser que la Negra, elle s'entiche d'un petit jeune. Un petit jeune qui lève la Negra et qui la prend comme s'il prenait Marilyn Monroe. C'est clair. Une sacrée belle fille comme la Negra. Et la Negra, elle doit aimer ça, qu'un petit jeune la prenne. Et que le petit jeune la prenne avec un tel feu dans la cafetière. La Negra, ça doit la chauffer à blanc que le petit jeune la prenne comme si elle était une sacrée belle fille. Comme si elle était Marylin Monroe. Ça doit la chauffer à blanc, la Negra. Et le petit jeune, un sacré feu lui monte à la cafetière. Le petit jeune doit en pincer. C'est comme ça. J'en fiche mon billet. Alors la Negra, un petit jeune la prend, qui en pince pour elle et qui la prend comme s'il prenait Marylin Monroe. Ce qui ne veut pas dire que le petit jeune la prenne bien, la Negra. Parce que moi, ah ça oui, la Negra, je la prends bien. La Negra crie joliment pendant les siestes. Tout nus on se frotte joliment. Et le ventilateur nous rafraîchit. Et c'est à peine si un petit drap lavé de frais effleure nos corps. Et la Negra crie. Elle aime, la Negra, comment je la prends. Mais ce que je suis en train de dire c'est autre chose. Que la Negra, elle doit aimer se faire prendre par le petit jeune. Non que le petit jeune la prenne bien. Mais parce que le petit jeune, sûr qu'il la prend comme si la Negra était Marilyn Monroe. Et c'est pour ça que le petit jeune en pince. Qui peut bien en pincer de cette manière? Qui peut bien prendre la Negra Miranda comme ça? N'importe qui. Mais ce sont des mômes du quartier, sûr. Moi, je pense que ce n'est pas Miguelito. Miguelito a la tête pleine de fantômes. Il me dit qu'il pense beaucoup à la mort. Il me parle de son père. Il me décrit, chaque fois qu'on monte ensemble, comment un aubère rosé qui ressemblait à Jugurtha l'a foutu en l'air pendant une séance de domptage. Il paraît que c'était un sacré fils de pute, le père. C'est ce qu'on dit. Que le père de Miguelito était un sacré fils de pute. Mais alors Miguelito ne peut pas prendre la Negra comme ça. Un type qui pense tout le temps à la mort ne peut pas prendre la Negra de cette manière. Alors qui? Bicho Souza? Je ne pense pas. Il va être père. Je sais que ça n'a rien à voir. Mais c'est un type plutôt démonstratif. Un artiste. Un type qui prend la Negra Miranda comme si la Negra Miranda était Marilyn Monroe, et qui en pince pour elle, doit plutôt avoir un caractère réservé. Un type renfermé. Un type qui se pogne en regardant une revue pornographique.

Quelque chose comme ça. Alors quand le petit jeune tombe sur des jambes comme celles de la Negra Miranda, il ne peut pas faire autrement que de voir la Negra Miranda comme si elle était une de ces photos que le petit jeune regarde quand il se pogne. C'est comme ça. J'en fiche mon billet. C'est pour ça que Bicho Souza ne peut pas être le type. Je n'écarte personne. Seulement il n'a pas le profil. Il en reste donc deux. Et ils ont tous les deux le profil. Lucio Montes est sur les rangs. Boucher. Gros. On ne lui connaît pas de femmes. Voyeur. Il se retourne pour regarder le cul de la première gonzesse qui passe. C'est comme ça et pas autrement. Il a tous les traits. Et l'autre, c'est le fils du coiffeur. Vicente Vardemann. Lui, il a une petite amie. Mais il a aussi un regard sombre. Il est grand et maigre. Il transpire des mains. Il est triste et réservé. Il est sur les rangs lui aussi. Si on me laisse le choix, en premier je dirais que c'est le Gros Montes. Sauf que parfois les apparences sont trompeuses. Alors ça peut être n'importe lequel des deux. Et si on se met à penser à la Negra Miranda. Si on se met à penser comment il est possible que la Negra Miranda rentre dans le jeu d'un de ces deux types. Moi, je réponds comme je disais avant. Ce qui lui plaît à la Negra Miranda c'est que le petit jeune la prenne en pensant qu'il est en train de prendre une sacrée belle fille, une gonzesse inaccessible. Impossible. Et ça, ça lui plaît, parce que le petit jeune, il doit le lui dire. Pendant qu'il la prend, il doit lui murmurer ce genre de choses à l'oreille. Il doit lui dire qu'il en pince. Parce que ce petit jeune, il la prend comme s'il se pognait devant une photo de Marilyn Monroe. Tout pareil. Le petit jeune est un type renfermé. Sombre. Dangereux, je dirais. C'est pour ça que j'ai besoin de quelqu'un. D'un informateur. Miguelito, par exemple. Parce que c'est le seul dont je suis sûr que ce n'est pas lui. Le seul qui ne peut pas être le type. Et puis j'ai confiance en lui. Un jour je lui fais une proposition au *Fogón*. On monte à cheval dans la campagne. Il me parle de la mort de son père. Il me dit qu'il voit des gens morts. Je pourrais lui dire, mais je ne dis rien, qu'en réalité il voit son père mort, tombant d'un aubère rosé, pendant une séance de domptage. C'est ça qu'il voit, Miguelito, quand il voit des morts. Mais un samedi, où le ciel est bas, où Miguelito, perturbé, me parle de la mort, je lui dis que je peux le faire exempter du service militaire, parce que Miguelito a touché un numéro très élevé, le 931, avec ce numéro, je lui dis, t'es bon pour le Sud. C'est comme ça et pas autrement. Alors je lui propose quelque chose. Et Miguelito accepte avant même que je lui en dise plus long. Et il accepte parce qu'il a peur, le môme, il a les foies. Et je le fais aussi parce que je l'ai pris en affection, ce petit gars. Et je le fais, je pourrais dire, pour la patrie. Un môme pareil ne peut pas faire partie de l'armée argentine. Un garçon qui sue la peur, qui voit des morts partout, ne peut pas être soldat. Alors je le fais aussi pour ça. Je lui propose de le faire exempter du service militaire s'il vérifie quelque chose pour moi. Et il accepte. Je lui dis « quelque chose ». Et il accepte. Il n'a pas la queue d'un soupçon de ce qu'il va devoir vérifier pour moi. C'est clair. Parce que Miguelito ne soupçonne pas un seul instant que la Negra, elle m'en fait manger, que la Negra, un petit jeune la prend, quoi. Il me dit que oui. Qu'il vérifiera pour moi tout ce que je veux du moment qu'il peut se faire exempter du service militaire. Il dit qu'il me remercie, qu'il m'en sera toujours reconnaissant. Et que je peux compter sur lui pour n'importe quoi et à n'importe quel moment. Miguelito Barrios est un garçon reconnaissant. Je n'aime pas les garçons reconnaissants. Ils sont aveugles. Comment est-il possible qu'un garçon reconnaissant comme Miguelito soit sorti d'un père comme le père de Miguelito, à ce qu'on dit un sacré fils de pute, un casse-couilles, et d'une vieille roulure, comme la mère de Miguelito, qui sitôt que son mari est mort s'est mise à la colle avec cette tête fêlée de Moyano, ce dénommé Juan Moyano. Je n'ai pas de réponse. Ce sont des choses qui arrivent. Un de ces jours la Negra me donnera un enfant. Un beau mâle. Le fils que me donnera la Negra, je ne vais pas avoir à le faire exempter. Ça ne sera pas nécessaire. Parce que le fils que me donnera la Negra sera un vrai général. Il aura des couilles au cul et il sera fier de l'armée argentine. L'armée argentine sera fière du fils que me donnera la Negra Miranda. Je dis donc à Miguelito que je le fais exempter du service militaire, que je fais jouer quelques relations que j'ai, je lui dis comme ça, et le môme ouvre grand les yeux, qu'est-ce qu'il peut bien s'imaginer Miguelito quand je lui dis que ça sera simple, juste faire jouer quelques relations? Est-ce qu'il pense à un échiquier? C'est à ça qu'il pense, Miguelito? À moi, par exemple, en train de déplacer quelques pièces sur un échiquier. Ces relations que j'ai. Et comme ça je le fais exempter. Mais qu'est-ce qu'il doit vérifier pour que je le fasse exempter, en faisant jouer ces relations que j'ai? Et ça, il ne se le demande pas,

Miguelito, parce que c'est un garçon reconnaissant, autrement dit un garçon aveugle. Un simple coup de téléphone, je lui dis. Qu'est-ce qu'il peut bien penser? Tout ce que tu veux, me dit le garçon. Alors je mets les freins. Jugurtha s'arrête net. Je regarde le môme dans les yeux. Je lui dis: Moi, je te fais exempter, si toi, tu me dis qui prend la Negra. Le môme devient blanc. Il regarde ailleurs. Il regarde loin, le bout du chemin. Un petit bois, il regarde. Ses mains tremblent. Il doit avoir peur, le môme, parce qu'il doit savoir qui se tape la Negra. Il est blanc comme un linge. Je lui dis: Quelqu'un de ta bande, un ami à toi prend la Negra. J'ai des preuves, je lui dis, pour le bousculer. Le môme reste muet. Il ne sait pas quoi dire. Il ne réagit pas. Ou plutôt il réagit par de la peur, par du silence. Alors j'attaque: Toi, tu me dis qui c'est, et moi, je te fais exempter. Facile. Simple. Je lui dis. Ou bien c'est le Gros Montes ou c'est Vardemann. Tu me vérifies ça. Alors quand je donne les noms, le môme me regarde avec violence. Comme quand on a découvert les clés d'un message. Comme quand on a mis dans le mille, mais que l'autre, qui le sait, ne peut encore rien dire. Alors le fait que j'ai mis dans le mille le remue, le frappe en plein. Parce que, c'est clair, j'ai mis dans le mille. J'ai nommé le Gros Montes et Vardemann. C'est l'un des deux. Pour moi, d'après le profil, c'est le Gros Montes. Mais on ne sait jamais. Avant d'en avoir terminé, je mets les points sur les i. Miguelito, je lui dis, je table sur un rapport de confiance, je table sur toi pour que ça reste entre nous. Je me repose sur toi, je lui dis. Le garçon hoche la tête, avec crainte. Un peu moins pâle. Un peu moins idiot. Les choses sont comme ça. Alors les jours passent. Trois ou quatre jours passent. Miguelito est inquiet. Il va et vient, nerveux. La chose est claire. Le môme doit trahir. S'il veut être exempté du service militaire, il doit vendre un de ses amis. Entre chien et loup ils s'asseyent autour des tables sur le trottoir. Et moi, je suis en planque. Ils parlent, tous autant qu'ils sont. Ils rient. Mais Miguelito cherche le silence. Il cherche une réponse à me donner. Et à la fin de la semaine, monté sur le léopard trapu, un peu vieux, il me dit qu'il sait qui c'est. Il regarde ailleurs quand il me dit qui prend la Negra Miranda. Et quand il a fini de me dire qui prend la Negra Miranda, il détale, avec le cheval, le vieux léopard. En rogne, il détale, le garçon. Et je le comprends un peu, mais les choses sont comme ça et pas autrement. Alors une fois que je sais qui prend la Negra, je commence à réfléchir. Je cherche un plan. Je le regarde, le petit jeune qui prend la Negra, à l'*As de Espada*, assis avec ses amis. Le petit jeune ne sait pas que je sais. Miguelito n'est pas à cette table. Miguelito, j'entends dire, garde le lit, il tousse. Je passe toute la nuit à penser comment attaquer. Avant que le jour se lève, je pars dans la campagne. J'ai besoin de monter Jugurtha. De respirer cet air frais. De me dégager un peu la tête. Mais quand le soleil commence à poindre, je décide de rentrer. Je rentre avec Jugurtha. Et confus. J'attache l'animal aux paradis. Tout le monde dort encore. Je me mets à boire du maté sous les feuillages. Jugurtha est inquiet, sans doute à cause de la chaleur qu'il va faire. Jusqu'à ce que je le voie sortir vers sept heures. Il sort de la petite maison, sa bicyclette à la main. Il passe devant moi et il me salue. Quand le Mormon me salue, mes idées s'éclaircissent. Je l'appelle. Je l'invite à prendre du maté. Je lui fais la conversation. Le Mormon ne comprend rien. Moi, je ne comprends pas ce que dit le Mormon. Je lui dis d'attendre. Et je vais à l'intérieur. Je cherche le Matagatos, à l'intérieur. Et quand je ressors, le Matagatos caché entre ma chemise et mon pantalon, je vois le Mormon, assis sous les paradis, joyeux, le maté dans la main. Il me regarde en souriant, ce fils de pute de Mormon. Alors je lui dis de venir avec moi. Et le Mormon vient avec moi. Parce qu'il ne soupçonne pas un seul instant ce qu'il a déclenché en moi en me saluant. L'idée qu'il vient de me donner. Alors le Mormon, confiant, et qui n'a pas la queue d'un soupçon de ce qui vient de me traverser l'esprit, me suit. On marche jusqu'à la plantation de canne. Le Mormon, sa bicyclette à la main. Je le précède de quelques pas. Quand on est rendus bien au centre de la plantation de canne, là d'où on ne voit ni la rue ni la Glaxo (on ne voit que le haut de la cheminée). Où il règne même un peu de silence. Où ce murmure du bourg s'étouffe. Alors quand on est rendus là, je regarde le Mormon, qui est court sur pattes et un peu gros, et qui me regarde, content. Et sur la poche de sa chemise blanche il y a une inscription qui dit : *Clifton Morris.* Il s'appelle comme ça, ce Mormon de merde. Alors je lui fais poser sa bicyclette. Et quand le Mormon a posé sa bicyclette, je lui envoie mon poing dans la figure. Mon petit doigt me fait un peu mal quand je lui fous sur la gueule, au Mormon. Le Mormon, qui ne s'attendait pas à recevoir mon poing dans la figure, parce qu'il n'avait pas la queue d'un soupçon du plan qu'il m'a donné en me saluant, quand il reçoit, le Mormon, le pain que je lui allonge dans la tronche, il tombe sur le cul. Le visage décomposé, cette fois. Surpris. *What, what*, dit le dénommé Clifton Morris. Et quand il est là, au milieu de la plantation de canne, tombé sur le cul, alors je le braque avec le Matagatos et je commence à lui parler. Parce qu'il est encore tôt. Parce qu'il faut encore compter vingt ou trente minutes avant le passage du premier train du jour. T'as rien à voir avec la Negra, je commence à lui dire. T'as rien à voir avec la Negra Miranda, Mormon fils de pute. Je lui parle, je le distrais. T'es qu'un sale espion yankee, je lui dis. De la CIA, t'es de la CIA, toi. J'avais pas de plan avant de te voir. Alors on va attendre le train. Et tu sais quoi, Mormon de merde ? Quand le train passera je vais pas foirer mon coup comme je l'ai foiré cette nuit-là dans le dépotoir de Suárez. Et parce que j'ai foiré mon coup cette nuit-là dans le dépotoir de Suárez, ce cul-terreux de péroniste est resté en vie. Et maintenant il y a un livre*. Dans ce livre on ne cite pas mon nom. On raconte de quelle manière il a réchappé. Comment il a réchappé au massacre. Parce qu'ils appellent ça un massacre. Mais ce fils de pute, ce qu'il sait pas c'est qu'il en a réchappé parce que j'ai foiré mon coup. Et à cause de cette erreur, je me retrouve ici, dans ce bourg de merde. Un jour je l'ai aimé ce bourg de merde. Mais maintenant c'est un bourg de merde. Tu sais quoi, Mormon, fils de pute ? J'aimerais bien savoir ce que tu fous ici. Sûr que t'es ici parce que t'es un espion, t'es de la CIA, c'est tout ce que t'es, Mormon de merde. Parce que moi, j'avais pas de plan. Alors, sept heures et demie, le train passe. Le premier du matin. Le son du train couvre le bruit du coup de feu que je lui tire dans la tête, au Mormon. Cette fois je ne foire pas mon coup. Le court sur pattes reste tout raidi, la tête plongée dans une flaque de sang. J'ai toujours voulu crever la gueule à un Yankee. À un Mormon, fils de pute. Qui est un espion yankee. Les Mormons sont des espions yankees, de la CIA ils sont. Alors à huit heures, j'entre dans le salon de coiffure. Sûr, je suis le premier client. Le vieux Vardemann, qui écoute la radio, me reçoit. Je lui demande de me faire la barbe. Le vieux me prépare. Et avant de me raser, il file dans une petite pièce, à l'arrière, il cherche quelque chose, quelque chose qui fait du bruit, le vieux Vardemann. J'en profite et je glisse le Matagatos dans un tiroir du meuble, sous les miroirs. La pointe du canon est encore chaude. Le tango que crache la radio s'appelle *Pichona mía* et c'est Livio Brangeri qui le chante. Ensuite, quand je ressors rasé de près, sentant l'eau de Cologne, le matin est déjà plein de vie : par exemple, à l'angle de la boucherie Souza il y a un groupe de personnes. Bicho Souza descend d'une auto. Il donne l'accolade à son père. Quand il me voit, en train de traverser la rue, il me salue. Il est content. La femme de Bicho Souza a un bébé dans les bras. Ce qui veut dire que l'enfant de Bicho Souza est né. Et les membres de la famille Souza sont heureux. Ils lui souhaitent la bienvenue. Derrière la famille Souza, qui est heureuse, la Negra Miranda, les pieds nus, caresse le dos de Jugurtha. Ce qu'il reste à faire maintenant c'est un appel, je me dis, tandis que je marche vers les paradis, où Jugurtha est attaché, où la Negra Miranda, les pieds nus, caresse le dos de Jugurtha. Ce qu'il reste à faire maintenant est simple : attendre que les patrouilleurs arrivent et qu'ils mettent sous les verrous, pour homicide, le Flandrin Vardemann.

Quelques repères chronologiques

Février 1946: Élection du colonel Juan Domingo Perón à la présidence de l'Argentine. Soutenu par les « sans chemises », la classe humble des ouvriers des industries, son mouvement, dit justicialiste, s'organise autour de trois idées-forces : justice sociale, souveraineté politique, indépendance économique.

Septembre 1955: Soulèvement militaire, dit la « Révolution libératrice ». Chute et exil de Perón. Sévère répression. Début des « Dix-huit années de Résistance péroniste ».

Juin 1956: Une nuit de juin 1956, dans la décharge publique de la localité de José León Suárez (près de Buenos Aires), plusieurs civils sont exécutés clandestinement. Ces hommes sont accusés, sans preuves, d'être partie prenante du soulèvement prévu en faveur du retour au pouvoir de Perón. Rodolfo Walsh (1927-1977), journaliste, écrivain, et militant de l'organisation Montoneros, en rend compte dans *Operación masacre* (publié en 1957). Il fait partie des citoyens argentins « disparus » pendant la dernière dictature militaire.

Juin 1966: Instauration de la « Révolution argentine », une dictature militaire, suivie d'une répression brutale.

Dissolution des partis, suppression des libertés démocratiques. Naissance de groupes de guérilla, dont les Montoneros et l'Armée révolutionnaire du peuple (ERP). Émeutes, attentats, enlèvements.

Juin 1973 : Victoire des péronistes aux élections, suivie du retour (juin) et de l'élection de Perón. Climat de violence. Rupture entre la gauche et la droite péroniste.

Juillet 1974 : Décès de Perón. Sa troisième épouse, Isabel, vice-présidente, prend le pouvoir. Création de la Triple A, Alliance anticommuniste argentine, milice chargée de la liquidation des opposants. Multiplication des actions terroristes.

Mars 1976 : Coup d'État dans un contexte de grave crise économique. Instauration du *Proceso*, « Processus de réorganisation nationale ». Campagne de répression sauvage (disparition de quelque 30 000 citoyens).

Avril 1982 : Guerre des Malouines. Reddition de l'Argentine, le 14 juin suivant.

Octobre 1983 : Retour de la démocratie. Fin de l'ingérence de l'armée dans la vie politique du pays, au terme d'un cycle inauguré en 1930.

Table des matières

CET OUVRAGE A ÉTÉ ACHEVÉ D'IMPRIMER
PAR L'IMPRIMERIE FLOCH À MAYENNE
EN MAI 2010

N° d'édition : 397. N° d'impression : 76797.
Dépôt légal : septembre 2010.
(Imprimé en France)